귀항

이 도서의 국립중앙도서관 출판시도서목록(CIP)은 e-CIP 홈페이지
(http://www.nl.go.kr/ecip)에서 이용하실 수 있습니다.
(CIP 제어번호 : CIP2011005283)

# 귀향

글쓴이 / 고성혁
펴낸이 / 孫貞順
펴낸곳 / 모아드림

1판 1쇄 / 2011년 12월 15일

서울 서대문구 북아현3동 1-1278
전화 / 365-8111~2
팩시밀리 / 365-8110
E-mail / morebook@morebook.co.kr
http://www.morebook.co.kr
등록번호 / 제2-2264호(1996.10.24)

ⓒ고성혁
ISBN 978-89-5664-152-2

값 8,000원

모아드림 기획시선 135

# 귀항

## 고성혁  시집

모아드림

귀항해야 한다.
삶이란 언젠가 멈출 수밖에 없는 여정이고
그 안에 녹아있는
희망과 절망, 고뇌, 기쁨도 어쩌면 부질없을 뿐이다.
아이들이 컸다고 느낀 어느 날
문득 죽음을 품고 싶었는지도 몰랐다.
그것은 내 안의 부족한 소양에 비하면 커다란 신비아니
었을까 싶다.

이젠 안다, 시적 감흥마저 등을 보이려들고 있음을.
그리하여 마지막이 될는지도 모를 이 시집을 묶는다.
내심, 산만함을 알면서도 나의 허물이기에
한편도 버리지 않았음을 이해하여 주시기 바란다.
아울러 늘 삶의 생기를 떼어주는 아내에게 진심으로 고
마움을 전한다.

2011년 늦가을에
고성혁

# 차 례

시인의 말

## 제1부 목련처럼, 그렇게

## 제2부 젊은 날의 그 저녁으로

제3부  내 마음의 산길

제4부   명주 실낱으로 수를 놓으며

1부
목련처럼, 그렇게

# 목련

그제 피었던 목련이 지네.
아침까지 웅크려 있던 백목련
푸른 순정이
햇볕 아래 환하게 피어오르던
그 날의 정경으로
내 가슴 아프고 시리도록 흔들렸건만
이제 눈부신 논개처럼 지고 있네.
저 떨어진 채 고개 떨군 이파리는
노을 속 포구를 떠나는
내 육신의 미망未忘같은 배.
천지간 생명의 열정
이다지 화려하게 진동하건만
어찌 내 청춘은 목련같이 서러운지.
순결한 설움까지 지고 있네.

# 동백

봄 그늘에 피인 붉은 꽃.

검푸른 잎잎에 지난 겨울이 익어
굳건한 가슴에는 핏빛 같은 그리움.

체념보다 깊은 그림자
그 정염
정녕 사랑보다 눈부시구나.

한 무더기 동백이 봄볕보다 따뜻해
이 정경 빈 절간 찻잎같이 녹아 흐른다.

# 비

내리고 또 내리고
환장하게 내리는 비

솔가지를 적시고 묵은 맹감 잎을 흐르고
방죽까지 넘실대는 비

엄니와 아부지의 썩은 몸과
죽은 형의 영혼에도 내릴
저 비

어짜끄나.
어쩌다가 쐬끄만 놈으로 돌아간 나
이 봄비를 어찌해야 쓰끄나.

## 무적황혼無跡黃昏

사람 흔적 가뭇이 끊어져
어둠만 물 같은 무인도에 바람같이 떠도는 내 영혼

아무리 찾아보아도
물 빠진 개펄 위로 게 눈알만 깜박거리고

끊어질 듯 이어진 갯돌과
한 점 형체로만 흔들리는 건너섬의 핏빛 외로움

인적 없는 섬 바다의 황혼은
섬에서 살다 돌아가신 아버지의 봉분에서 꺾어져

노오란 원추리만 흔들릴 뿐
먼 산비탈 붉은 참나리만 가다가다 손짓할 뿐.

# 그림처럼 이별을 접으며

좋은 친구에게서 전화 온 것처럼
정다운 얘기 나눈 것처럼.
내게 남겨진 비밀
깊은 산을 흐르는 노을처럼 아름답게
낯선 외로움
돌아선 꽃잎 그림자에 매달린 나비같이 고울 때
설움보다도 푸르른 사랑이
굽이굽이 박하 향처럼 진할 때
절망보다 큰 이별
호박잎보다 더 넉넉한 사랑
한 폭의 그림같이 접을래요.

# 어귀

가을을 따라 올라온 찬 기운에
세월과 함께 그림자 되어 날리는 번민을 생각했다.
왜, 가을이 오면 과거가 한껏 가까워지는가도
그리움이 맑은 물같이 투명해지는가도
번듯한 삶 하나 장만하지 못하고 억척스레 살아가는,
척박한 땅에서도 늘 그 모습으로
웃음 짓는 아름다운 이웃들도 떠올렸다.

더운 입김으로 여름내 짙푸르렀던,
비 먹은 날이면
검푸른 생명이 목줄기까지 나부끼던 나무들이
이제는 젊은 객기를 거둬들여 장승처럼 다소곳해지고
그 밑자락, 뵈지도 않을 작은 자리에
키 작은 어귀들이 도란거리는 모습을 보게 되었다

그렇지, 설워 말 것을
차가운 공기도, 날리는 번민도

옛 친구인 것을 잊을 뻔했다.
우리들의 삶이 존재하기도 전부터
절망과 희망이 물처럼 섞여 있던 것을,

서러운 이유란 어디에도 없는 것임을
잊힌 듯 고향을 지키는 친구 같은 여뀌들이
가만가만 작은 목소리로 알려주었다.

# 뒷동산 나는 새들

아침 안개에 젖은 뒷동산에
새가 푸드덕 날아올랐다.

새가 날다니,
공해가 비누 거품처럼 넘치는 도시 한 복판에
새가 날아오르고 누런 동물이 뛰어오르다니
기쁨이 반짝 솟구치고 너무 즐겁다.

얼마만이냐,
이슬이 풀숲까지 번진 너무나도 자유로운 산
네 안에 품은 숨결이 온 천지를 휘감아 도는
이 아름다움에 꿈꾸듯 일어나
얼마만이냐
너의 싱그러운 가슴으로
우리들의 아픔까지 데워지고
하나가 풀풀 날리면
다른 새 한 마리 나무를 타고 오르는

이 해밝이.
죽은 사람의 비석까지도 안녕하시냐.

오늘 아침 사뭇 신명이 난다.
바람 타고 물결치는 생명이
데 뎅뎅 굿거리장단으로 일어서려 한다.

# 꿈꾸는 산들

저녁 산들이 잠들려 한다.
한없이 적막한 하늘을 베고 누워
한 자락 비추던 황혼마저도 밭은기침 거두고
돌아누운 늙은 어머니 같은
저 산의 모습.

산과 산에 얽힌 작은 마을들
이제 명도 낮은 백열등으로 제 모습을 밝히기 시작하고
그 앞에 펼쳐진 작은 방죽 까불대는 양
외로움을 쇠죽처럼 끓게 하여라.

일곱 개의 터널을 지나는 지름길로
이 어둠이 너무 어둡다.
돌아서면 나타나는 등고선 또한 너무 아프다.

무슨 꿈이 그리도 절절하느니
웅크려 어둠보다도 더 깊은 노래를 탐하는 산들이여,

네 등허리에 내려앉은 세상의 흔적이 그토록 선명한
데도

　산들이여, 지금 무슨 꿈을 꾸느냐.

# 새벽 벚꽃

소변 마려워 일어난 새벽
창문 밀고 밖을 내다보니
무심한 안개
구천까지 가득하고
낯모를 여명 위에 떴네,
순백의 꽃 잔치.
수근거림 들리는 듯
깃털 긴 새 한 마리 둥지 위에 내려앉고
꽃잎 흩내리는 뜨락에 뿌리는 빗발
내 영혼 같이 떨어져 내리네.
건듯 부는 바람에
쩡하고 열리는
내 밖의 세상.

# 등불

해 저무는 산등성이 마을 신작로
어둠을 따라 내려온 하늘 위로 꿈꾸듯
알불이 켜지네.

외양간의 묵은 삭정이
저녁연기처럼 은밀히 수런거리고
묵은 산들 슬그머니 눈곱을 떼고 일어서 귀를 세우는
바람 같은 고속도로의
일렁이는 향수

한 순간의 정지
어쩜 저리 고울 수가 있으랴,
뼈까지 저린 가슴 명징히 떠오르고
그래도 마음은 따뜻하게 데워져

살아온 만큼은 아니래도
남겨진 몫
저 등불처럼 이어지면 좋겠네.

## 산행같이 그렇게

마치,
지리산의 검푸른 정기처럼
살 수는 없는 것일까.

가난과 고통과 혈육으로부터의 짓밟힘까지
연도교의 녹슨 교각에 맺혀 있는 눈물처럼
우리 안의 상처받은 사람들

참나리, 원추리, 마타리, 개망초.
붉디붉은 빛으로 영혼까지 밝히는 배롱나무에 이르기
까지
온 세상 은비늘처럼 부서져 내리는
햇볕 가득한 노고단, 토끼봉, 연하천을 지나
참 샘 맑은 물로 가다가다 목을 축이듯
영혼까지 차오른 슬픔을 눅이며

더러는

가슴 안에 시린 사랑이 팔딱팔딱 넘치는 벽소령
무한히 맑은 정염으로 씩씩한 세석평전을 지나
가슴 가득 흰 바람이 갈기 마냥 흩어지는
장터목의 비상마저 넘어

일점정지 찬란한 일출로 세상을 흔쾌히 가둬 버리는
천왕봉

폭풍 같은 산행,
절망 끝의 무욕같이
그렇게 살 수는 없는 것일까.

# 섬돌 위의 노인 같은 지리산

비 오는 지리산을 바라보았다.
어둠에 싸인 형용들
세 겹, 혹은 네 겹으로 층층을 이룬 모습으로 물러서
묵묵히 머리를 흔들고 있는 산들

빗발을 사이에 두고 지리산
발밑에는 별빛보다 고운 물이 지천으로 흐르고
문득 가슴 한켠에 순결이 눈물처럼 고였다.

산을 오르려 산자락을 밟았지만
산은 깊은 눈망울만으로 아직은 때가 되지 않았다며
손을 젓는다. 물안개를 갈기처럼 흔들며 섬돌 위의 노
인마냥
토방 위에 완고히 걸터앉아 자리를 내주지 않는다.

돌이키면 산이 있음에
저 지리산의 튼튼한 뼈대 있음에

산의 소용돌이, 산의 융기, 산의 강건한 정령이 있음에
산의 거친 호흡에 우리 모두 코를 벌름거리고
산의 깊은 생기에 우리함께 목숨을 키워가는 것을.

저녁내 비를 뿌려 대며
가슴을 열지 않는 산을 오를 수는 없었다.
그저 보이는 벼랑 끝 이름 모를 나무이거나
혹여 수묵으로 더욱 장쾌한 산을 바라보며
채 익지 않은 스스로를 나무랄 뿐
지리산의 맑디맑은 영혼을 탓할 수는 없었다.

# 바람 부는 날

안온한 방안에서 찢어질 듯 부는 바람을 본다.
부는 바람에 펄럭이는 나무들
낙엽처럼 부대끼는 사람들의 흔적,
세상이 바람소리에 갇혔다.

비까지 흩뿌려 경보음이 울리고
마음은 이내 우리 안에 묶인 들짐승처럼 거칠다.
살아온 과거가 빗발 새로 떠가고
아이들 소리에 섞인 묵은 세월이 너무 가깝다.

유년이 안개처럼 밀려왔다.
바람 부는 날, 비 오던 날, 갈대집과 너울거리던 하늘.
섬돌 아래 낙숫물과 밀어놓은 봉창, 질척거리던 마당귀.

그러다가
얼마 남지 않은 삶이 해거름으로 다가섰다.
문득 사무치는 폭풍처럼 나부끼는 욕망과 불꽃같은
정염.

# 봄날이 왔다

또 봄날이 왔다.
새 울고, 선혈보다 붉은 동백이 비처럼 떨어지는,

쑥 개떡 한 입을 위해
진달래 꽃불처럼 번지던 어질병의
그 봄 뚝 떨어진 지 오래.
노을빛보다 짙은 방황으로
가슴 설레던 그 봄도
이미 오래 전.
스라소니같이 거친 들판을 치달아
이제는 허기진 바람 밖에 남지 않은 몰골이지만
그래도 삐비꽃 피는 봄날이 왔다.

와 있는 봄꽃에 설움이 어지럽고
팔랑대는 나비에 눈물이 가득하여,
절뚝이는 내 그림자 이 봄볕보다 더 길지만
아직은 남은 봄을 위해
내 안의 정경으로 나를 달이련다.

혹한을 뚫고 황사를 넘어 새 봄이 왔다.

# 동백꽃

논개처럼 떨어진 꽃잎
촉석루에 벗어 놓은 장옷인 양
바람에 흔들리다.
그 모양, 하 서러워 봄볕이 울다.

가오리 가시 같던 세찬 바람
호랑이 눈알 같던 매서운 추위에도 아랑곳 않고
그저 제 갈 길만 가던 동백이
어느 날 피보다 붉은 염통으로 하늘 밖에 떠오르던 날
녹두장군 대창보다 굳은 맹서를 떠올렸나니,

그 때 그 상념은 허무였고
그 희망은 허방친 절개였느뇨.
벌 나비 날고 날렵한 새 절절한,
개나리, 성터처럼 가득한 세월 안으로
빛보다 눈부신 봄바람이 신묘한 산 막 울타리.
거칠게 쓰러져 있는 동백꽃의 주검으로

지금의 이 날 빛 더욱 쓸쓸하다.

그 황량한 동천冬天
모두 보내고 왜 하필
이 따뜻한 봄 마당이랴,
가고 오는 걸 낙화로 보여주는 동백의
저 넋이 밟힐까 두렵다.

## 조팝나무

봄바람에 우수수 너울거리는 백옥 같은
고운 처자의 넋이 노란 봄볕에 일렁이는
어느 한낮의 푸른 잎새에 수북한 야생의 꿈
싸리꽃이라고 하는
그냥 흰 싸리꽃이라는 이름으로
너를 만나고
다시 나는 스라소니의 꿈을 꿨다.
아아, 넓은 벌판을 거침없이 달렸던 지난 시절의 흔적이
내 안에 지문처럼 남아 있었다니
하얗다 못해 시리게 다가오는
네 체취에 이 앙다물고
건너다 뵈는 높은 산등성이를 향해 지긋이 주먹을 쥐
었다.
조팝나무야,
너를 두고 싸리꽃이라 한들 어쩌리.
흔치 않은 네 의미를 두고 두런두런 말한들
네 정경, 네 눈빛 달라질 게 무어겠니,

4월 하늘에 빛나는
순결이 물결처럼 터지는 조팝나무야,
네가 있어 더욱 아름다운 봄,
그 안에 더욱 정결한 산을 올라
순백의 네 입술에 입을 맞췄다.
어느 날 네 흰 꽃 눈부시게 떨어져 능선을 따라 쌓여도
무심한 사람들의 발길에 채이는 너를 보며
운무 섞인 산 갈기가 마냥 서러워도
오늘 네가 전하는 말을 결코 잊지 않겠다.
며칠 동안 바라본 세상은 참으로 아름다웠노라는.

# 고향편지

충장로의 눈발을 바라보며
뒷동산을 꿈꾸네.

흰 눈으로 덮인 산자락과 문득 드러나는 철조망
요요한 무덤가와 적막한 빈집으로
건듯 은물결이 날리면
놀란 듯 날아오르는 새 한 마리.

새를 따라 오른 하늘에 점점이 박힌
그리운 섬들이여, 파도여.
그 따뜻한 가슴을 못내 잊은
늙은 역부驛夫 하나 돌부리에 넘어지네.
문득 깨고 나니 여기는 복개도로 선술집.

그대에게 띄우는 편지 안에
비틀거리는 팔자걸음
작취미성昨醉未醒의 술 한 잔 담아 보내니.

핏빛 가슴앓이로 바다 끝에 걸린 붉은 낙조와
자빠져버린 우리들의 추억에게도 전해주게나.

# 저녁 길

길을 가며 길을 본다.
휴지처럼 팔랑거리는 고속도로의 여정이
저무는 날처럼 허무하다.

어둔 하늘을 받치는 까치집이 내 가슴처럼 낯설고
대숲 지키는 불빛에 어둠만 창호지의 먹물처럼 번져
외로운 신작로가 지친 두 어깨를 메고 있다.

길 따라 길 사방으로 흩어지고
분내 나는 도회지와 모텔의 노랑 불빛까지 지나면
산등성이까지 올라선 길과 마을
그 무한한 어둠과 숲의 적막과
어둠의 깊이만큼 깜박이는 알불이 너무 서럽다.

문득 출렁이는 바람에게 물었다.
너는 어디에서 와 어디로 가느냐,
그리하여 네 삶의 길은 어디메를 흐르는 것이냐고.

# 가을 풍경

산은 빨·노·파·빨·빨·노·파
사람은 청·장·노·청·청·장·장
낙엽이 비처럼 흩뿌리는 산과
그 안의 저자 같은 풍경,
후두둑 부는 바람에 풍경風磬소리 놀란 듯 울어
오희려 고독만 꿈결처럼 사무친다.
푸른 하늘이 홍염紅焰에 물든 산자락을 어루만져
말간 산감 하나 하늘가에 깃발처럼 펄럭이는,
어느 가을 한낮의 강철 같은 일점 광경.

# 너덜강

산 속에 흐르는 강
산다는 것도, 사랑하는 것도 모르고
몸속에 검은 피만 흘러 세월에 누운 강

누천년을 바람소리 머리에 지고
뜨거운 가슴이 굳어 바위가 될 때까지
그 매몰찬 고독과 어지러운 한
더는 움직일 수 없는 몸으로
문득 바라본 너의 그리메.

이제 편안해졌니,
사위 소리, 따뜻한 봄날 찾아 드는 사람들의
현란한 인기척, 그래도 넉넉해졌니,
산의 깊은 살 속을 파고들어
세상으로 잇는 강의 정령이 된
너를 바라보며

무등에서 무등으로 무등같이
극락처럼 목숨을 빚진 우리들의 햇살이
그래도 나뭇잎에 은빛살처럼 부서지구나.

복사열 넘치는 신초나무숲
그곳에 둘러싸인 바위 강의 적막한 사랑.

* 너덜강: 너덜경으로도 부름, 광주 무등산록에 위치한 바위무더기
  로 용암이 흘러내리다 굳어져 마치 바위로 된 강처럼 보임

# 낙엽

떨어지고 떨어진다.
그 시종始終을 알 수 없는 낙엽의 비혼.
나무의 숨결이 희미해지면
눈이 시리도록 푸르른 하늘로부터
노란 손수건처럼 펄럭이다가, 펄럭이다가
눈물처럼 흩날리는 메아리.
낙엽의 이상은 바다보다 깊다.

# 선운사 동백

올 때나 갈 때나 소식을 전하는 이여.
지금 우리 나잇살 넉넉히 젖어 석양의 미루나무와 같이
황사 같은 청춘은 흔적 없이 사라지고
끓고 난 냄비, 자고 난 이불같이
슬픔도 분노도 소 눈망울처럼 그렇게 쳐다봐야 하리.
그대, 쌍계사 벚꽃, 꽃비 내리는 절터의 화려함보다
선운사 붉다 못해 터져버린 동백의 슬픔을
그 신작로에 노을 져 흐르는 체념을 배워야 하리.
눈부신 유영보다 깊이 가라앉는 침잠을 익혀야 하리.

# 앵남역

겨울비의 앵남에 허무가 스산하다.
구부정한 허리로 숱한 사연
이고 지던 자리
이제 가을꽃 가듯 영영 그 모습 스러져
대합실 빈 나무의자 옆
쌓였던 연탄마저 그리운 역사驛舍.

한 때는 꽃바람 화사하게 일렁이고
그 꽃보다 고운 처녀역장 낮달 같은 손길에
하루 몇 번의 애태움을 황사처럼 날리던 간이역
가고 오는 세월
마른 풀잎처럼 부서져 사위는 외로움으로 젖다.

승강장 끝 나무 하나 하늬바람에 궁굴어
그래도 삐액 삑 완행열차 아직 찬바람 몰고 들어서지만
다시는 설 수 없는 앵두나무 역
앵두나무 우물가의 처녀 총각 사라지듯

자빠져 누워버린 시각표를 보며
다시는 가고 올 이 없는 헛헛함에
행선지를 훑노라면
문득 종착지의 비린내가 몰려드느니,

아직 따뜻한 앵남역 철로 밑 낡은 침목을 만지며
기억하리.
해후와 별리가 흩뿌렸던 이 모퉁이를,
그리하여 우리의 덧없음도,
늙어버린 사랑과 비우지 못한 우리들의 식은 꿈마저도
앵남의 바람이 되어 흩날릴 수 있음을
오래 기억하리.

# 2006 가을 소고小考
― 고3 아들의 일탈을 위해


이제 그만 상심과 욕기慾氣를 거두렴.

그리하여 네 가슴에 뚝 떨어진

이 가을을 보듬어

흩날리는 낙엽과 교교한 달빛의 슬픔까지 넉넉히 느

껴보렴.

더러는 절망으로부터 솟구치는 희망의 의미를 위해

네 열정과 선혈까지도 젖은 짚단처럼 눕히렴.

세상에 상처 없는 영혼은 없는 것.

실패야말로 바람의 분방한 자유를 위한 것.

비움으로 오히려 생명을 얻는

깨달음으로 고통까지도 껴안을 수 있으면 좋겠거니

네 들끓는 청춘을 위하여 아들아,

삶의 솟대를 높이 세우고

이 가을의 음성을 듣지 않으련.

# 귀항歸港

천상병은 하늘로 오르며 귀천歸天이라했지만
땅 위의 삶은,
사실 오욕칠정과 희로애락으로
깨지고 부서져 가라앉을 불귀不歸의 난파선이라네.
바다 밑으로 침몰하는 낙조,
어둠 속으로 영원히 떠나야하는 알래스카 참치의 운
명이라네.
아, 넘을 수 없는 황망慌忙한 나비의 꿈이여,
불현듯 솟구치는 가엾음이여.
돌아가세, 돌아가세,
지난 세월의 유정有情한 그리움이
층층나무 흰 꽃처럼 넉넉한 어머니의 젖가슴으로,
당산나무 아래 선들바람 부는 평상으로,
저승 잠 오기 전에 어서어서 돌아가세.

# 괜찮네

난 몰라도 괜찮네.
잎과 거죽의 생김새로만 무엇이 물푸레나무인지, 굴
참나무인지
몰라도 괜찮네.
마누라가 알고 있으니.

잊어버려도 괜찮네.
새끼들 생일과 부모님 제삿날,
주택부금 날짜까지도 괜찮네.
이불홑청을 시치는 것처럼 수월하게,
안 듯 모른 듯 해결하는 마누라가 있으니.

난 그저 식구들의 바짓가랑이만 잡고 있으면 될 뿐이네.
그들의 눈짓만 슬쩍 쳐다보면 될 뿐이라네.

제2부
젊은 날의 그 저녁으로

# 여름을 보내며

여름이 바람처럼 떠나네.
어느 날 기척없이 떠나 버린 내 젊음처럼
어깨 위로는 소복이 가을이 내려앉아
맑고 깊은 눈빛으로 세상을 바라보고 있네.

그처럼 뜨거웠던 열정 흩어져 버리고
온 세상을 지배했던 가슴 가득한 야망,
소나기에 흠뻑 적셨던 억센 생명까지도
아이스크림처럼 형체도 없이 녹아 버린 오늘 아침.

다시 못 올
그 자취
내게 걸린 여름날의 무늬
명주 손수건을 개키는 정성된 손길로
채곡채곡
반듯하게 여미고 싶네.

이 빠진 바구니에 곱게 삶아 널어놓은 듯
우리들의 삶이야,
이미 벗은 몸뚱이로도 부끄럽지 않으니.

지난 계절이 준 여문 날 빛과
새로 선 가을의 순한 눈빛
내 마음에 물처럼 담아
오래된 장독에 눅어 있는 기억
그윽한 맛으로 버무리고 싶네.

# 가을 편지

마지막 황혼이 스러질 무렵
스무 해 전의 편지
감잎 뒤에 숨은 은백색 달빛을 밟고 찾아 들었다.

손수건 집어 눈물 닦고
호롱불 돋워
그리움에 닳아 버린 편지를 꺼내 드니
내 청춘에 끓던 노래 소리 안개처럼 서성인다.

'그리워, 그리워 붉은 피보다 그리워
새벽보다 깊은 절망으로 그대를 노래하니
목숨보다 그대를 사랑합니다'

물끄러미 바라보는 편지 안의 고개 꺾은 그대 모습
세월이 연줄처럼 끊겼다.
아, 붉은 뺨, 젖은 입술,
젊은 날의 그 저녁으로 돌아갈 수 있다면.

저만치 가을이 서성이고 있다.

# KO3661이라는 세상

데스크 위의 수석,
소엽 풍란과 물기 머금은 푸른 뿌리.
그리고 현란한 흩뿌림으로 반짝이는 인터넷.

시린 눈을 씻고 쳐다보는 정경 안으로
흩어지지 않는 담배연기 석양처럼 번지고
아직은 아편보다 진한 네 외로움.

술보다도 담배보다도
진한 절망보다도 더욱 그리운 네 꿈 안의 세상을 따라
허방허방 돌다 보면 다시 오는 상실의 입맞춤.

새벽이 홰를 칠 때서야
볏짚 같은 입술로 허무를 자르네.
클릭으로는 이룰 수 없는 이방인의 슬픔까지 자르네.

오, 피하고 싶은 사람 사이
피할 수 없는 www.gajai.co.kr

# 어떤 정경

살찐 오월이
봄 보슬비 강물처럼 짙었다.
아파트 베란다로 흐르는 적막
나무들은 녹음으로 팔 벌려 가득하고
꽃잎은 바닥에 흩어지다.
휴일을 채운 빈 차들
물 맞은 숭어 떼 마냥 물살을 거스르고
건너편 낮은 산마저 조는 듯 자는 듯
구름마저 낮은 키로 서성인다.
낙숫물 찰랑거리는 노인당 입구,
허리를 구부린 노인 막 들어서는 비좁은 정경
꼬마는 그 뒤 우산을 들고 내달리고 있다.
내 어머니와 내 아들의 그 모습이 꿈보다 가까워
가슴 안에 아카시아 향이 일렁이다.
오랜만에 보는 파안대소,
울 어머니
사랑이 흰 머리 올마다 새 잎처럼 피었구나.

# 그날 밤

중2 때 목포고 이발관에 신문 한 부를 주고 담을 넘었
던 그날 밤.

마지막, 작물시험장에 석간을 배달하기 위해 키를 넘
기던 유채밭을

가로질렀던 그 밤. 무서움에 어린 동생을 데리고 바람
이 쫓는

기찻길, 황톳길, 탱자나무길을 넘었던 적막. 커지는구
나,

뒤쫓던 그림자가 귀신처럼 온 몸에 엉겨붙던 정경.

돌아오는 길. 동생보다 빠르게 달렸던 설움같이,

으스스한 목조건물의 음영같이 덮치누나.

오늘밤에도 그 저문 놀과 바람소리 들리누나.

# 우중풍경雨中風景

6월 장맛비.
창밖을 바라본다. 오, 장대 같은 비
빗소리가 굵다.
난 잎이 어린 시절을 흔들고 지나간다.
바람이 잡힐 무렵 사위가 짙었다.
오래된 턴테이블의 노래가 눈물인 양 심장에 박혔다.
이미 강물도 깊었을 터이다.

# 졸업하는 이에게

축하하노니
그대 꿈이라고 믿지 말기를

아름다운 노래와 살찐 봄 풍경에 휩싸여
오랜만에 보는 어머니의 부끄러운 웃음 잊지 말기를
억센 얼음을 뚫고 세상 밖으로 나오는 새싹처럼
마음을 더욱 가난히 하여 결국 마음을 지우고
생명이 되어 세상을 씻고 그리하여 모든 것을 거둬
더욱 낮은 데로 흐르는 물같이 흐르기를 바라노니

따뜻한 햇살 속 보리 잎 같은 그대
후둑후둑 혹한의 바람 속에서 더욱 잘 크는 이여.

진심으로 축하하노니
오늘의 꽃바람보다는 지난 세월의 왕소금 같은 허물로
그대 안의 고샅길을 밝히는 등불을 삼아
고비마다 졸업의 향기를 북돋우고 종내는

마을 어귀 느티나무에 걸친 마지막 황혼처럼 아름다이
삶을 졸업하게 되기를.

다시 축하하노니 꽃보다 어여쁜 그대
부디 잊지 말기를
출발보다 귀한 선물 또한 없다는 것을.

# 떠오를 수 있다면


섬이 떠오를 수 있다면
푸른 숲 우거진 몸체 맑게 드러내고
우르르 폭포처럼 쏟아지는 물과 승천하는 섬
도초는 물론이고 머개섬, 배암섬, 대야도, 우이도
햇살 가득한 무인도들.
그 뒤를 따라 은빛 갈치 따르고 가오리, 장어, 숭어 떼
심지어는 아귀, 은상어의 힘줄 박힌 턱까지도.
바람이라도 살랑이면 따순 햇볕으로 잠들었던 사람처럼
눈알을 꿈벅이며 깨어나 가없는 바다를 바라보는
섬.
그 안에 김매는 사람,
토방에 앉아 그윽한 눈빛으로 바다를 보는 사람,
개펄 밭의 낙지와 게, 바위틈의 고둥까지 싣고
둥두렷이 떠오르는 섬.
아름다운 풍경 가득 담고 서울 하늘을 가로지를 수 있
다면
때로는 그들에게

달빛 아래 퍼덕거리는 고기와 쑥부쟁이 내음
물안개와 소금기 먹먹한 바람을
넉넉히 뿌려줄 수 있다면.

# 인조대왕계마행수仁祖大王繫馬行樹의 감회

은행나무 아래서 어의語意를 펴들었을 때
고목은 사백 년 동안 말고삐를 붙잡아 서 있고
하늘은 유허비를 맴돌며 옛 선비의 노래를 불렀다.

어찌 느낌이 같을소냐,
이제 이 한 해가 가는 12. 31 오후
굽어지고 휘어진 늙은 배롱나무와 비탈진 비각
그윽이 내려봤을 작은 연못을 휘도는 찬바람에
이 세월이 너무 허하다.

머지않아 새해가 오지만
왕이 되기 전 인조도 그러했을 터
말을 묶고 넘은 고갯마루에 문득 가슴 저미는 선비의
저녁노을
그러하지 않았느냐. 적막이 정적으로 대체됐을 뿐
온유한 슬픔은 그대로 남았지 않았느냐.

묵은 과거를 다독이며
이 감회가 떠나지 못하도록 나를 묶고 싶다.
그리하여 저 소나무처럼 거칠게 살다 가도록
하다못해 배롱나무에 붉은 꽃이 피어날 때 까지만이라도
그렇게.

* 담양군 고서면 산덕리에 있는 은행나무로 인조가 능양군 시절
  이 곳의 선비 오희도(明谷 吳希道)를 찾았을 때 말을 맸다고 전해짐

## 오페라하우스 앞에서


꿈이다.
코 큰 친구들 사방에 널려 있고
바다는 드세게 푸르다.


기죽지 마라. 사는 것은 마찬가지
  비록 이런 강고함은 없을지라도 우리에게는 옹골진
포한 넘치니
  꿀릴 것도 사무칠 것도 없다.


  너희의 오페라하우스도 내게는 그저 하우스일 뿐
  널찍한 네 자리에서 눈을 감아도
  내게는 아홉 구비 애간장과 저녁연기 해거름의 낮은
초가 울바자
  그 안에 오롯이 담긴 섬돌 위의 고무신이 떠오르나니


  너를 스치는 바람처럼 나는 간다.
  얼마간 지나 네 얼굴이 떠오르면 그때

고향집 외양간의 때 묻은 기둥에 기대듯 슬몃
너를 어루만져주마.

# 금남로여, 안녕히

5·18의 피울음을 함께한 정문,
그 총알자국 수북했던 회의실과
금남로를 지켰던 늙은 은행나무,
분수대에 나부끼는 함성이여.
무릎을 꺾고 간절히 말하노니
우리는 간다.

비뚜름히 가슴에 못을 박은 낡은 건물과
인적만으로도 부대끼던 협량함도 오히려 정겨운
광주시 동구 광산동 13번지 전남도청.
오, 무정한 세월이여, 유정한 인걸이여.

110년의 사유思惟를 넘어 피와 살을 나눈 골목
은하수처럼 흩어지던 밤늦은 동료들의 뒷모습과
형제처럼 어울리던 밥이웃과 술이웃을 떠올리노니
그대들을 데불고, 언제까지 그대들과 함께 할 수 없음
으로

이 시월이 서성인다.

세월이여, 햇볕이여, 빛고을이여.
부디 우리를 기억하라. 떠나가는 사연을 기억하여
온전히 우리가 돌아올 수 있도록 희망을 주선하라.
간구하노니
부디 이 자리의 도청과 앞서 있는 금남로에 영원토록
양광陽光이 가득하기를.

## 오월의 상상想像

내 가슴 안에
저 싱그런 신록 한 그루 심을 수 있다면
그리하여 살랑이는 보리수의 속살거림을 듣다가
살풋 휘어진 너덜겅을 따라
후르르르
푸덕이는 새소리를 쫓거나,
청설모 검은 눈망울이 되어
가만가만 사람들의 발자국 소리를 듣거나,
푸른 하늘에 가슴을 기대고
누군가를 기다리는 해거름의 풍경이 되어
슬며시 고독해 보거나,
저 징하게도 맑은 잎새와 바람의 속내를 따라
아침 햇살을 다독이는 따뜻한 눈빛이 되거나.

# 잔치국시

다 큰 새끼들, 누구 하나 애비를 챙기지 않고
노래방엘 가면 저희만 부르고 또 부를 때
친척 결혼식에서 만난 형,
시내버스를 갈아타며 터미널까지 바래다준다.

배고플 것이라며 국수를 먹이고
버스표까지 끊어주는 형.
흰 머리, 주름 깊은 이마. 외로움이 이미 밤보다 깊다.
어찌 견뎠을꼬, 허물어질 듯 20년 독신생활.
넓은 서울에 움집 하나 없는 형의 차표가
고향바다의 울음소리 되어 가슴을 후빈다.

형, 형, 형.
내 잊지 않으리다.
강남터미널 호남선 잔치국시 집을.

# 부엉이바위에 서 계셨을 그대여

— 노무현 대통령께

님, 님, 님이여, 정녕 가셨습니까.
먼저 가야 할 우리, 이렇게 기름진 모습으로 살아 있건만
외딴 방에 갇힌 참혹한 체념의 그대가 오히려
부엉이바위에 서 계셨다니,

마지막으로 본 고향, 마지막으로 본 하늘은 어떤 색깔
이었습니까.
당신의 신념 안을 파고들어 그처럼 가득하게 자리했
던 절망은
도대체 얼마나 높은 장벽이었습니까.

그대는 가고 없지만 아아,
그대는 우리, 지치고 병든 사람들에게 한 모숨의 숨결
이 될 것임을,
그대는 우리, 가난하고 힘없는 사람들에게 한 줌의 온
기가 될 것임을,
그대는 우리, 외롭고 고독한 사람들에게 한 줄기 빛이
될 것임을.

근거 없는 결기로 번개처럼 다가왔던 그대여,
근거 없는 용기로 오히려 뜨거운 감동을 주었던 그대여,
실패를 알기에 더욱 단호했음을, 그리하여 그대를 통해
분수처럼 솟구치는 희망을 삼켰노니,

부디 잘 가시라.
흔들흔들 어깨를 흔들며,
이제 명패를 던졌던 그 열정 버리시고
그저 아름다운 그 웃음만 간직한 채 홀쩍 가시라.

삶과 죽음과 그리고 미움까지,
우리 또한 그대의 뜨거운 슬픔을 오래도록 반추할 터
이니
편히 가시라.
그리하여 작은 비석 안의 그대를 붙잡고
오래도록 아름다운 세상 꿈꾸어 갈 테니
부디, 그대, 편히 가시라.

# 김대중

어찌 허물이 없으랴만
다시는 그와 같은 사람은 없다.

짜잔한 전라도, 이름 없는 섬사람의 간판을 달고
더러운 빨갱이로, 사형수로 이어진 85년의 세월.

아무도 인정하지 않았다.
그의 지칠 줄 모르는 용기와 인내, 섬세한 사랑마저도
아무도 알고 싶지 않았다.
그의 절망과 고독, 통곡까지도.

권력 앞에 남루했던 민주주의는 오히려 영광이었다.
피를 궁굴리는 투쟁으로 역사의 곡절을 뚫고
그중 어찌 욕기慾氣가 없었으랴만
결코 교합校合은 없었다.

과거는 지나갔으되,

참혹한 절망으로 꺾어진 한 죽음 앞의 오열마저도
따뜻한 아랫목에서 조소를 보내는 저 비루한 삶들.
마지막 가는 길, 늙은 아내의 털 신발은 얼마나 따뜻
했을까.

언제까지나
눈물을 알던 그를 기억하고 싶다.
언제까지나 김 · 대 · 중,
그의 따뜻한 가슴을 기억하고 싶다.

# 우리나라 들꽃

우리나라 들꽃이라면 무얼 말하시겠어요?

들꽃을 많이 아는 사람을 만나면 너무 부러웠어요,
시인들의 아름다운 꽃노래, 수필 속의 잔잔한 꽃말,

티브이 속의 이름 모를 들꽃에 취해
문득 제가 아는 들꽃을 세어 봤습니다.
자운영, 질경이, 클로버, 들국화, 민들레, 씀바귀, 강
아지풀,
여뀌, 고마리, 구절초, 마타리, 쑥부쟁이, 금강초롱,
물봉선,
바람에 하늘거리는 억새,
그 밖의 이름들.

이름은 알 수 없지만
셀 수 없이 많은 꽃들이 스쳐 지나갔습니다.
꽃뿐만 아니고 셀 수 없는 많은 사람들도 지나갔습니다.
그새로 너무 많은 세월 또한 지나갔습니다.

# 꿈

꿈 안에서 꿈을 먹고 꿈을 키우는
수없이 많은 영혼들.

해 돋는 산중의 여명의 꿈
해 닫는 바다의 낙조의 꿈
하늘을 나는 바람과 땅 속에 가라앉은 바위의 꿈
젊은이의 꿈과 노인의 꿈
남자의 꿈과 여자의 꿈
사막의 산비탈을 헤매는 산양의 꿈
바다를 한없이 헤엄쳐야 하는 알래스카 참치의 꿈
아아, 그리고 기독교의 꿈과 이슬람의 꿈들.

모든 꿈들이 이상으로 날개를 펴고
모든 것들이 제각기의 형상으로 서 빛날 수 있다면
비록 세월 안에 스러진다 해도 그것만으로도
아름다울 수 있다면
지금 나는 무슨 꿈을 꾸어야 하리.

# 가재 공화국

무안군 몽탄면 귀학리 '정행순' 번지
그 형용이 새가 돌아온다는
이 푸른 마을에서도
산기産氣가 솔잎처럼 더욱 푸른 언덕
달개비, 명아주, 고사리, 쇠비름, 돌나물, 개망초,
쑥, 며느리밑씻개, 꿀풀, 보래기.
그리고 칡, 칡, 칡.
생명이 소나기처럼 타오르는 양지길택陽地吉宅
산자락을 날개처럼 펼치고,
시냇물 풍경風磬처럼 유유하여
꼴꼴꼴 흐르는 물소리를 밀짚모자에 담아
날려 보낸 하늘에는
남은 내 삶이 구름으로 떠 있고
그 아래 맑은 냇물 돌 틈에 순정처럼 박힌 영혼들.
얼마 만에 보는 가재인가,
수많은 가재들의 평화로운 성터.
아, 잉카의 마추픽추 같은 가재들의 공화국.
산마을 원주민들이시여,
부디 내 어머니의 정령을 너그러이 거둬 주시기를.

# 의자

얼마나 많은 사람들이
네 위에 앉았니.
스탠드에 가지런히 놓인
의자여,
하늘과 맞닿아 바람처럼 정결한 모습으로
태양보다 뜨거운 정염들 물결치던 그때를 그리나니
지금 낙엽만큼이나 외로운 네 얼굴을 보고
홀로 서 입술을 깨문
산의 저녁 그림자와
해거름 제 처지가 눈물겨워
바다에 얼굴을 묻고 있는
섬이 떠올라
나도 연이 되려 한다.
연이 되어 푸르디푸른 하늘에 올라
한 점 까만 설움이 되어 떠돌다가
문득 이슬이 되려 한다.
의자여,
아침 해 떠오르면
이내 흔적도 없이 사라지려 한다.

# 아시는지


외로움이 달빛처럼 내려앉을 때
삭정이 같은 어깨로
포장마차 비닐을 밀치고 들어서는 사내.
그 첫잔의 소주를 타고 흐르는 적막한 슬픔을
아시는지

가슴을 떨며,
카바이트 불빛에 어른대는
고향 호롱불 그리며
두 잔째의 소주로 입술을 깨무는 남루한 젊음의
눈가에 맺힌 이슬을
아시는지

팔짱낀 연인들의 아름다운 모습을
멀어질 때까지 바라보다가
문득 고개를 꺾고 마시는
셋째 잔의 통절한 체념을

아시는지

첫잔의 쩌르르한 울림과
둘째 잔의 들짐승 같이 거친 호흡
셋째 잔의 바다보다 깊은 번민을
그대 정녕
아시는지.

# 슬픔

슬픔이 카사블랑카의 낮은 음색으로
다가왔다.

커피가 식을 즈음
노란 은행잎 비처럼 떨어지고
감은 눈 속으로 강물이 흐른다.

때로는 목숨보다 값진 것이 상처이더냐
눈물도 더러는 별보다 아름답다.

유한한 삶이 허수아비처럼 서
어디선가 어깨를 떨며 울고 있는 그대를
다독이고 있다.
슬픔은 오히려 정염보다 붉다.

제3부
내 마음의 산길

# 길

저녁 연기
적송赤松 가득한 뒤란에
귀가하는 새처럼 내려앉았다.

아버지는 베잠방이 마른 다리를 드러내고
늙은 백일홍 아직 비스듬히 등을 구부린 새로
마지막 햇살마저 숨을 멈췄다.

어스름에 묻힌 산의 갈기들
어머니의 치마같이 드리운 길을 따라
가도 가도 끝이 없는 가을 정경

길이 우수수
어딜 숨가빠 가느냐고 물을 때에야
주유소 표지판의 기름방울이 눈물처럼 뚝 떨어졌다.
지난 세월도 억새처럼 출렁거렸다.

# 그 뿐만으로

당신은 가슴이 절절할 때
마치 맑은 물 가득 고인 강물 발원지의 못처럼 되었을 때
바람 부는 강둑에 놓인 포플러 같이 흔들리라고 말하
지만,

당신을 생각하노라면
때로는 은빛 비늘로 물결 일렁이는 바다같이 되고
때로는 깊은 숲, 나무 그늘에서 하늘을 가꾸는 새같이
되어
절절함보다 더 깊은,
빈 집 울안에 뎅그러니 놓인 신발 한 짝 같거나
그 신발을 벗어 두고 어딘가,
일터를 찾아 떠난 이들의 고개 꺾은 뒷모습이 떠오릅
니다.

아름다움은, 이런 억새 잎 산봉우리에 서걱이는 아우
성은

가다가다 지치면 쉬어 가곤 하는 느티나무 그림자같이
늘 우리 곁에 있지는 않지요,
먼 훗날 가을 잎 바람에 날리면, 해지는 동구 밖 어둠
에 젖어
아, 기쁜 날이었노라고 말할 때에서야
짧았지만 강철같이 강건했던 한 시절의
추억을 반추할 수 있을 뿐, 늘 그 뿐만으로

산그늘에 싸여,
설운 마음이 굽이굽이 계곡처럼 이어지는 지금은
그저 사랑을 노래하고 싶어요, 생각하면 폭포처럼 쏟
아지는 그대 그리움에
지금은 그 뿐만으로,
그저 사랑을 노래하고 싶어요.

# 은사시나무처럼

터미널에 홀로 있는 그대,
사람 가득한 그곳에서 문득 광야를 느꼈다.

야윈 듯, 스코틀랜드형 체크치마 단정히, 물결머리 치
렁히
단단히 다문 입새로 암송하던 칸트의 제2명법이 선명
하게 드러난,
젊은 날 아쉬움 없이 보내고 이제 치마만큼이나 아름
답게
이별을 마중하고 섰다.

꿈이 없었으랴, 사랑 또한 없었으랴만
지지 않는 정염이 언제까지 뜨거워 너무도 아름다운
그대,
그대라서 안다.
술보다도 깊고 카페인보다 질긴 인생의 의미.

매연 속에서도 은빛으로 반짝이는 은사시나무처럼
자동차, 빌딩 숲에서 우뚝 선 그대,
그대 씩씩한 아름다움 내 색깔에 맞는 이름으로
간직하고 싶다.
사랑한다는 벅찬 내음만으로 영원히 그대 모습에
밑줄을 긋고 싶다.

# 개망초에게

개망초야,
중심사 계곡 간에
봄볕에 머물다간 자귀나무의 붉은 일렁임이
꽃 편지 마냥 흔들리고
여름 한켠 눈부신 사랑 전하던 샛노란 원추리, 붉은
참나리
아직 짱뚱어 뛰는 개펄 내음같이 선연해도
그 세월 문득 지나고
이태 사랑의 흔적으로 들썩이는 산 어깨와 함께
꺾이고야 말았구나, 우리들의 굳세던 정염
기린초, 마타리, 금강초롱 자리를 털고
분분히 제각기의 길을 떠난 지금
해거름 쇠잔한 길섶 빛 그늘에 먼 산을 쳐다보는
너의 삶은 무엇일거나.
우리 옆의 지천으로 깔린 가난한 영혼들같이
산, 내, 들,
온통 네 모습이었던

이 세월 바라기가 스러지고 나면
우리들은 무엇을 흉중에 담아야 할거나.
총총걸음으로 떠나는 여름의 허물을 보며
마지막의 의연함으로 우리를 보듬는 네 작은 흰 꽃에
산의 눈빛이 젖고 있다.
바람이 큰 몸으로 네 어깨를 다독이고 있다.

# 만복대 가는 길


추적거리는 가을비로 새벽이 더뎠다.


마누라, 외로운 등허리를 다독여 길 떠난
지리산 자락 상위마을
잘못 찾은 산길은 허방 대던 흑염소 목장에서 멈추고
우리가 묵은 하얀 집이 둥두렷이 떠올랐다.


계곡을 넘어 부서지는 새벽바람
갈꽃 향 파스텔처럼 번지고
단풍을 적신 이슬이 은혜로이 나부끼다.
댓바람에 오른 묘봉치
오색 청설모를 그러안고.


깊어 가는 계곡
넘어가는 세월을 데불고 만복대를 오르려다가
사진 한 장으로 아쉬움을 꺾고
산죽터널 앞에서 되짚어 내린 산행 길

만산추풍萬山秋風에 미안하다.

온 여름을 꿋꿋이 이겨낸 산수유 붉은 정염에도 송구하다.


그저 그렇게 우리들의 욕심을 추스르고

오르지 못한 만복대에게

몸짓만으로도 행복한 마더 데레사의 겨울을

전해주고 왔다.

# 불혹이여

서늘한 속눈썹 하나만으로
온밤을 지샌 사람이라면
작은 그리움에도 흔들려야 한다.

비록 생의 중심을 돌아섰다 해도
아직은 익은 꿈과 강둑같이 범람하는 가슴이 있어
설움 또한 너무 빠르니,

그대,
그림자 너울거리는 곁을 거두고
장마 끝 먼 하늘
손톱만큼의 햇살이라도 있다면
돌아서 보석 같은 눈물을 끌어안아야 한다.

삶은 어차피 사랑이고
사랑은 오히려 아름다운 이별인 것을 안다면
불혹이여,
눈 들어, 절망으로 더욱 뚜렷이 빛나는 슬픔마저
뜨거운 열망으로 안아야 한다.

# 핏빛 낙엽

가을이 야윈 등을 보이며 돌아누운
무등산
중머리재에서 토끼등까지의 산길에도,
그 속내를 파고든 울창한 산목들에도
설움이 안개같이 나부끼네.
멀리 바라다 뵈는 시가지의 외로운 잔영으로
알 수 없는 그리움은 나주평야를 가르고
이내 낙엽 하나 하늘로 휘어이 날아오르는 그 곳
바윗돌 구름처럼 흐르는 너덜강의 시월 속에
붉다 못해 핏빛인 단풍나무 한 그루 서 있네.
그 외로운 모습
마치 빈들에 슬픔처럼 서 있는 허수아비 같네.

# 비 내리는 회문산

비 먹은 회문산 자락에 누웠다.

언제나 떠돌이가 되어 버리는
모항 바닷가 절벽이 되었다가
절벽 끝에 걸린 노을 빛 소나무가 되었다가
노을에 걸린 잃어버린
폐선의 아름다운 흔적으로 남았다가
비 먹은 회문산에 누웠다.

갑자기 흩뿌리는 빗발에 걸려 넘어지고 말았다.
밤비에 뜬 여름 바닷가 풍경들
마음보다 더 슬프고
방갈로에 놓여진 허름한 이부자리에
우리들의 목적 없는 여행이 부려진 뒤에야
비로소 바람에 날리는 여름 갈대를 보았다.

가다가다

세월에 긁힌 채석강의 상처,
켜켜이 쌓인 퇴적층의 유순한 눈길이
아름다움보다는 오히려 선한 고통인 것을
원색 옷과 선글라스 아가씨들의 현란한 몸짓
너무 어지러워
변산 넘어 신태인 넘어,
알 수 없는 산 넘어 넘어넘어

넘다가 다시 돌아오고,
빗발 굵은 산넘이 길을 지키는 돌담 집에서
흘러내리는 빗물로 여정을 줄인 뒤에야
돌아올 수 없는 길처럼
회문산길에 올랐다.

부우연 숲, 빗발 사이로 펼쳐지는 평화
산 아닌 바다엔
몇몇 두런거리는 소리도 이내 흔적마저 없어지고

수수 -,

수수 -,

살찐 바람소리 은혜로워 눕고 싶었다,

다만 누워 지나온 흔적을 통념하고

잔잔히 흐르고 싶었다.

굽이 따라 내려가는 계곡처럼, 물처럼

회문산자락에 젖은 땅처럼 누웠다.

## 설산풍경雪山風景

산은 없고 눈만 있다.

아이젠을 차고 오른 설산
세인봉 빙벽에선 오금이 저리고
중머리재에선 평화가 눈부시다.

엊그제 분 모진 바람에 부러진 생솔가지
뽀드득거리는 눈 밑에서 푸른 얼굴을 드러내고
산죽 위의 솜털 같은 사랑과
고사목에 태어난 설화의 뜬금없는 자취.

거기다가
너덜강 위에는 이름 모를 하얀 배들이 떴다.
떠서, 무수히 하늘 위로 오른다.

내려오는 계곡의 굳건한 얼음
보리밥 한 그릇과 동동주 한 사발.
세상이 설산 같으면 좋겠다.

## 산행

산길을 걷는다.
어두운 하늘, 구름은 자귀나무 보라색 꽃술에 걸려 있고
바람은 콩밭머리에 얹힌 듯 분다.

길은 끊임없이 뒤까불어 두억시니처럼 보채지만
종래는 맨바닥에 뒤꼭지를 대고 바다로 파고들 것이다.
이마붙이를 하지 않은 머리에선
땀만 쓰리도록 눈 새를 파고든다.

며칠 사이 내린 비로 한층 짙푸르러진 채마밭 귀퉁이
희화화된 세상같이 슈렉과 해리포터 인형이 허수아비
로 서 있고
이내 짓쳐 올라간 산허리가 가랑비로 희미하다.
길과 걸음과 유년의 추억이 엇바뀌어 서툴다.

꼴꼴꼴 계곡을 따라 꼭대기에 올랐다.
하릴없이 하늘을 바라볼 제 잿빛 꼬랑지의 작은 새 하나

문득 무한절벽 바위틈을 파고 올라선다.
그 작은 놈의 눈망울에 가득
또 한 세상이 담겨 있다.
설핏 눈을 떨칠 수 없어
그 외로움을 삼킬 때
쓰고 있던 밀짚모자가 바람에 날렸다.

마치 즈믄 날의 연처럼 내 인생도 날렸다.

# 섬, 바다 안의 성

경계 안으로 모여들어
하늘을 파고드는 땅을 아십니까?

솔바람 소리 지천으로 퍼덕이고
끊어진 뭍으로의 길을 보노라면
해가 지고 뜨는 나라.

산 위에 오르면 휘파람 소리 맑게 피어나고
사방이 물 위에 다소곳이 서 있는,
염전의 수차가 뿜어내는 수염고래의 흰 포말과
드문드문 무인도를 휘돌아 가는
작은 배의 잔영이 뱃고동 소리처럼
울려 퍼지는 물 안의 성
더러는 펼쳐진 개펄 밭의 푸른 꽃
그 안의 온갖 그리움이 함께
바닷물을 따라 또 다른 세상을 만들고
더러는 주상절리 깎아지른 절벽 위로

새들의 천국이 구름처럼 떠 있는 곳

그러나
종선에 내려 갈매기 가득한 선창에 오르면
고독이 깃발처럼 서러운, 아직은 팔레스타인의 땅
흙먼지 바람에 쓸리면 드러나는 풍경에 오롯이 눈물
나는
우리들의 귀양지, 섬 바다의 황혼을
그대는 정녕 아시는지요.

# 유달산

다도해에 걸린 낙조가 너무 눈부셔
해 끝에 걸린 하늘을 쳐다보면
기러기 너울거리는 저 풍경
지난 세월을 돌아선
이 땅의 정염이 잉걸불처럼 피어오르면
아니야, 고갯짓해도 가슴에는
이미 인이 박혀 버린 우리들의 바다
장강의 뒷물결처럼 짓쳐온 우리들의 과거 속에 바위
뿐이랴,
사방에 흩어져 피같은 의지를 뿜어 온 소나무, 왕자귀
나무, 단풍나무,
산 안의 이름 모를 풀잎과 새,
등성이를 타고 도는 소금절인 바람에 이르기까지
목청껏 핏대를 드러내며 이르는 말
사랑한다.
사랑한다.
억겁의 어둔 하늘을 찢고 일어선
우리들의 산이여.

# 솔밭 근처

키 큰 솔밭에 빗발이 뿌리더니
산마저 낮게 가라앉는다.

장끼 한 마리 푸드덕 날아
하늘빛까지 어두워지고

지난 겨울의 마른 솔잎 수북이 쌓여
더욱 젖은 산길

인적 없는 저 길들은 어디쯤에서 모일까.

부는 바람에 솔 향 사방으로 흩어질 때
오롯이 터지는 그리움아.

천 년 세월의 송홧가루 날리는데
푸른 눈의 청설모는 어디 있는 것이냐.

# 백목련

아, 백목련이 구름으로 피어났다.
그 청정한 모습에
사무쳐 설움이 안개처럼 드세구나.

내가 서 있는
이 도시의 늙고 추레한 세월은
하얀 꽃잎에 싸여 모가지가 긴 짐승

목련 그리메에 젖어 내 삶을 뒤척일 때
긴 머리 치렁거리는
3월의 향기 햇볕인 양 넘치고
두 어깨에 따스한 온기 연민처럼 차오른다.

그래, 이 봄날의 꿈같은 은유를
저물어 껍질만 남은
내 청춘에 봉인할 수만 있다면
나 다시 해 넘는 바다를 보며
끄덕끄덕
목 놓아 저문 날을 흐느낄 수 있으련만.

## 마른 맹감나무에 부쳐

내 발바닥까지 풀어 헤쳤던 가을의 상심을
이제는 떠날 수 있으리
늙은 역부의 무심한 깃발처럼 펄럭이는
저 마른 맹감나무처럼.
노란 산국과 낙엽 위로 솟구치는 뱀의 소스라친 형용으로
향수와 유년의 바람이 사무쳐도
구멍 뚫린 갈잎처럼 이 가을을 보내고 나면
내 아들의 세상에도 가을 하나 뚝 떨어져 강물처럼 흐
를지니
부디 서러운 고독이 넘쳐흘러 그의 심장에 솟구치는
선홍빛 피가 되기를.
동구 밖의 맹감나무를 보며 암릉 길의 거친 하늘과
하산 길의 살피듬처럼 떨어지는 우수를 오래 기억하노니
손 안에 있는 마른 맹감이여,
너를 내 아들에게 배달하는 나를 기억하라.
그리하여 이 상념까지도
밤바다를 보며 묵상하는 눈물이 되게 하라.

# 무등추경

억새꽃 비처럼 흔들리고
그 그리메에 붉은 편지가 가득한 꼬막재
가을의 야윈 모습.

구불구불 산모롱이 돌길 따라
개망초 흰 꽃처럼 여름날의 애수哀愁가 사위어
내내 뜨거웠던 저 다랑치 논밭도
이제는 먼 수만리水萬里 사람들의 흔적일 뿐.

규봉암圭峰庵 풍경소리에 누워
마른 가지에 걸린 가없는 하늘을 바라보니
문득 누군가 내 안에서 걸어 나와 길을 물었다.

백마능선의 젖은 어깨를 물끄러미 바라보고는
    갈기를 푸들푸들 세웠던 친구를 만나 생전처럼 술을
마시고
    겨울여행을 시위하는 장불재를 넘어

구부정 중머리재의 시린 등을 다독였다.

산죽을 따라 흐른 백운암에서 어둠을 만나
달의 정령이 되었다.
어둠을 넘어 이내 숲으로 가라앉는 슬픔이 되었다.

# 아득한 가을

황혼이 비상하는 고속도로 철책 너머
낙엽이 잔치처럼 술렁이는 숲길
그 안을 걷는 촌로村老의 야윈 어깨
그 시린 모습이 가슴에 등불을 켠다.

그 허무를 익히어
내 서른에 나로 하여 상처받고 징병열차처럼 떠난 여인과
바닷가 고둥같이 엎드린 박물관, 딱정벌레처럼 엉금이던
외로운 신작로의 버스를 생각하다가

썩을 놈의 새끼를
녹두장군의 파랑새처럼 노래하던 어머니를 기렸다.
썩고 또 썩어
지금은 흙인지 뼈인지 모를,
영안실의 그 서리처럼 하얗던 모태母胎를 잊지 못하여
이 아득한 세월 속에 가라앉는다.

망각의 그림자에 갇힌 앨범을 서성이다
삶이 무엇인지를 생각하노니
참으로 아득한 가을이다.

# 가라

가라.
사랑도 세월도.

선혈의 생기가 꽃보다도 붉은 절망
이별의 호곡소리 등짐인 양 부리고
거침없이 아주.

살찐 세월이야 이미 식은 화전花煎이지
불꽃보다 짙은 황혼이 얼마나 아름다운지,
기차보다 강렬한 이 결별의 유혹을 다독이며,

가라.
궁핍한 연명보다 차라리
거친 폭우처럼 흐르다 사라지려니,

내 그림자에 앉은 오욕의 체념까지 데불고
땅벌 맞은 송아지처럼 그렇게
천둥같이 뛰어.

# 결별에 싸여

네온에 부유하는 은행나무여,
밤 열 시의 피로가
개펄처럼 드러누운 버스 승강장 너머
거리를 적시는 네 기막힌 슬픔
네 머리를 관통한 전신줄
네 몸을 뚫은 광고판까지도
순하게 보듬어 안은 채
지난 세월의 부동不動보다
더 격렬한 이 밤의 결별을 보며
너를 대신해 네 언저리를 잊지 못하는
노란 잎들을 거둔다.
묵연한 은행나무여,
처진 어깨의 아이들과 함께
지난 여름의 네 뜨거운 정염을 상기하노니
부디 너를 기리는 아이들의 번뇌 또한 저물게 하라.

# 어느 겨울아파트 장미의 상상想像

꽃잎을 피우리.
붉은 꽃 이파리 홍의紅衣처럼 젖어
내 청춘 데불어도
동녘을 꿰뚫는 새벽같이 피워가리.


언젠가 그 꽃잎,
이 북방삭풍北方朔風에
도시의 낮달같이 찢긴다 해도
어느 하천에서는 살아있을 내 육신의 정화精華를 기리
며
씩씩하게 나아가리.


스러지는 것이 새로이 돋아나는 것임을
분명히 아는 묵연한 상념으로 서서
이 세월 속으로 마침내 사라지리.

# 고독

나무 끝에 걸린 하늘 위로
내 가슴의 꽃잎이 수없이 흐드러지네.

어찌하여 산은, 강은, 세월은 이리도 찬 것인지
어머니의 육신이 한없이 그리워
공사장 거푸집에 담긴 해거름의 순한 달빛을
생전의 부서진 어깨인 양 만져 보았네.

가라해도 깊어지는 외로움을 묶어
세상 밖으로 먼 길을 떠날까나
슬픔과 그리움의 터널 속으로
그저 몇 주발의 술동이와 함께 터덜터덜
어깨를 늘어뜨리고 걸어 볼까나.

내 삶의 진액이 마를 때까지,
이 그리움 스러질 때까지 걷고 싶네.
낭자머리 어머니의 옥색 저고리가 보일 때까지
걷고 또 걷고 싶네.

# 장성 새재

장성에서 정읍으로 넘어가는 장성 새재,
아, 발목까지 쌓인 눈.

부러질 듯 하얀 소나무에
정적이 꿈결같이 나부끼고,
툭툭,
어지러운 멧돼지 발자국으로 불현듯 소름 돋는 산중
山中,

쌓이고 또 쌓이고
겹겹이 쌓여
온천지에 분분한 눈을 뚫고
이름 모를 새소리 내 영혼에 화살처럼 꽂히다.

오르고, 내리고, 미끄러지고.
취한 듯 올라 선 오리五里와
뒤돌아서 내딛는 구절양장 오리五里여,

네 유장한 고독
나와 내 아내의 굽은 삶의 끝을
한 장의 스냅처럼 기억했으면 좋으리.

## 산행묵상山行默想

이제는 정말 가도 좋다고 말하려했지만
쏜살같이 굽이치고 내치는 바위계곡과
그 당당한 물 내림을 보고는 차마 말할 수 없었다.

저 물 같은 내 목숨
지금 내 인생의 어디를 흐르고 있는 거냐
오를수록 거친 호흡
오른 만큼 떠내려간 세월

물소리 새소리 산소리에
어지러운 꿈이여
서산낙조가 빗발처럼 스러져

이제는 끝낼 수 있다고 말하려했지만
차마 말 못하는 건
이 잿빛 하늘 아래 두견새와 나 뿐만은 아니리니

산을 지나 내를 지나
강하江河를 돌아 나와
이제 바다를 보고 있는
미욱한 내 삶의 끝자리
우중산행雨中山行의 이 통렬한 정경이여.

# 다섯에서 셋이 된 지금

버선 한 켤레, 그리고 빈 책상
우리들의 야윈 슬픔.

이별은 늘 설움이다.
낡은 버선코의 어머니와
텅 빈 책상 안에 담긴 아들과의 이별이
해거름의 미루나무처럼 흔들려
지푸라기 같은 형용으로 저승길을 떠나신 어머니의
허물이
언 땅속에 묻은 그날의 눈발처럼 서럽다.

돌아오지 못할 어머니와 함께
검정양복의 흰 얼굴로 숨죽여 어머니를 묻던 아이도
만灣을 비행하는 철새처럼 떠났다.
이제 다섯에서 동그마니 남은 셋
길 잃은 아이처럼 서성이고,

이게 세월이려니,
가고 오는 이별에 내 유한한 목숨
신작로의 알불인 양 울먹인다.

# 비2

비가 내린다.

비가 가을을 낳고 가을이
사념을 낳고 사념이 추억을
낳고 추억이 회한을 낳고 회한이
슬픔을 낳고 슬픔이 내 삶을 낳았다.

비가 드디어
나를 낳았다.

# 어느 휴일 풍경

청소를 하다 땀을 흘렸다.
커피를 끓이고 그 향내를 맡으며
담배를 피웠다.

피곤이 물끄러미 쳐다보고
혼돈이 사유의 뜨락에 내려앉았다.

멍하니 쳐다보는 벽
마흔아홉이
저문 벚꽃처럼 스러지고
빼꼼한 창밖으로 하늘이 눈부시게 서럽다.

휴일도 가고
내 인생도 묵정밭의 풀꽃처럼 그렇게 간다.

그 광경 안에 아이 둘
낯익은 내 과거의 형용으로
책상 앞에 가방을 풀어 놓는다.

제4부
명주 실낱으로 수를 놓으며

# 보고 싶다

보고 싶다,
너무 보고 싶다.
거침없이 보고 싶다.

내 안에 담긴 꿈, 정열, 슬픔까지 버려도 좋고
지난 세월이나
다가올 미래
남김없이 묻어도 좋다.

내 하나의 벌레로 태어나
천년을 기어다닌다 해도
단 한번의 눈짓과 바꿀 수 있다면
그대 작은 발에 밟히는 흙이 되고
그대 곁을 스치는 바람이 되려니

해거름에 나부끼는 잎 큰 후박나무여,
보고 싶다는 말
저 붉은 노을에 떨궈 다오.

# 어머니의 몸

젊어 벽돌 이고 날랐던 머리와
바람 가득한 겨울 한복판
생채기진 가슴으로 시금치를 묶었던 손은
아직 그 온기 따스이 남았어도
지난 겨울 문지방에 넘어진 어깨
마실 가던 길 개에 물린 다리는
바람에 날리는 오동잎처럼 위태롭다.

그래도 새벽이면
고향 바다의 안개처럼 일어서는
어머니의 영혼
여든셋의 나이라 하여
어찌 꿈이 없으랴,
억센 건설 공사장, 다라이 공장,
새마을 사업장과 시커먼 연탄 배달,
손발이 빨갛게 얼어붙는 영하의 시금치 밭에서도
꿈이 있었는데,

이제 가막소 같긴 해도
따뜻한 물 펑펑 나는 이녁 집과
아들 손자 며느리 모여 프라이드치킨 깨물며
쾅쾅대는 텔레비전 장수퀴즈를 보고
속내의 꼬옥 붙잡고 코를 고는
손자 녀석 응석까지 있는데
어찌 꿈이 없으랴,

큰 아들 돈보다도 새끼들하고 사랑으로 웃음 웃기를
작은아들 반듯한 직장 갖고 정착해서 살기를
셋째 아들 어서어서 함께 모여 살 수 있기를
막둥이 술 그만 먹고 착실하게 살아가기를
증심사 계곡을 올려 보며
하루에도 몇 번씩 날려 보낸 희망의 속내

단풍잎처럼 지고 말았다.
사람의 바람이란 언젠가 지게 마련이지만

노파의 작은 욕심마저 앗아간 이 세상
자유로에 물처럼 흘러,
새벽 하늘 유성처럼 타버린 큰형의 육신,
그처럼 가게 될 것을, 깨진
휴대폰 길바닥에 굴러 떨어진 채
말 한 마디 떨구지 못하고 그렇게 가게 될 것을
익은 감도 떨어지고 땡감도 떨어진다지만
어머니의 꿈까지 떨어졌다.
바람처럼 멀어져 간 형의 소식, 꿈속에서라도 전해지면
어머니, 이제 남은 머리와 손까지도 무너져 내릴 거야
검불 같은 육신이라도 이승에 남겨
어머니라고 부를 수 있도록
형의 주검 장롱 깊숙이 넣어야겠다.

## 늙어 슬픔이거나, 사랑이거나

다시, 청춘으로 돌아갈 수 없다고 해서
그리움이 썰물처럼 스러진 것은 아니다.
죽을 것만 같다는 말을 못한다 해서
사랑하지 않는 것은 아니다.
해거름 바다가 오히려 찬란한 것처럼
살아있음은 언제나 아름다운 여백이어라.
여태 슬픔이 남아있는 그대여,
그대는 이미 충분히 아름다운 사람.
달빛이 설움처럼 흩뿌린 신작로에 툭툭, 알불이 켜지고
검은 산등허리 적막으로 말갛게 가라앉으면
시린 목소리로 그대의 꿈이 되고 싶다.
묵은 바다가 되고 싶다.
아직은 그대 곁에 뒤척이는 섬이 되고 싶다.

# 기다림

내가 침묵하고 있는 것은
결별이 아니라 희망을 위한 기원입니다.
그대는 완강히 절망의 긴 뿌리를 내리려 하지만
그것마저도 희망의 몸짓일 뿐.

우리에게 영원이 없듯
우리의 사랑에도 영원함이 없는 것쯤
그쯤이야 진작 알았던 슬픔이지 않나요.

우리 마음을 우리가 가늠하기 어렵고
우리 앞날을 우리가 예측하기 어려운 것.

아직은 아름다운 사랑을 위해
해거름의 가슴 시린 바다를 물끄러미 끌어안는
아직은,
희망을 묵연히 기다리는 저녁 산처럼,

은백의 달빛 한 줄기 붙잡고
어둠을 가르고 떠나는 밤배의 긴 뱃고동 소리같이
오히려 그림자같이 적막한
외로움을 간구할 수는 없는 것인가요.

# 내 안에 갇힌 나

내가 두려울 때가 있습니다.
나를 보는 내가 두려워 문득 외면하고 싶습니다.

내가 두려운 것은
나를 극복하지 못하는 또 하나의 나를 만나
비굴하게 무릎 꿇고 그 안에 숨는 것입니다.

그럴 때면
바람에 펄럭이는 왕자귀 이파리만 보아도 슬퍼집니다.
나부끼는 그 모습이 너무 당당하여
내 안에 숨은 내가 참으로 부끄럽습니다.

# 아직도 나비가 있네

가을이 지푸라기처럼 말라붙은 11월말
방황하는 계절이 깊숙이 자리 잡은
우리들의 정경 안에
아직 나비가 날고 있네.
하늘은 유리알같이 투명하고,
바람은 싱그러이 말같이 내달려도
숙직한 뒷날 같이 어수선한 겨울 초입.
그래도 뒷동산 말라붙은 삼나무 밑 양지바른 귀퉁이
노란 산국이 여태 피어 있고
그 옆 길섶에 무언가 팔랑거리는 표식,
아아, 살아 있는 나비였네.
내 가슴에도 무언가 출렁이더니
지난 계절의 슬픔이 날아가네.
그대여,
사랑하는 이가 펄럭이는 연처럼 떠난
겨울이 문밖에 서 있다 해도
이 바람 부는 언덕의 노랑나비를 기억하기를.
가슴속 끝내 나비 한 마리 간직하기를.

# 고백

그대가 체념으로 빚은 맑은 물이었으므로

나는 안개였네.
새벽 숲을 막고 우러른 날 빛을 가린
핏방울보다 진한 두려움이었네.

돌이키면
무너지는 세월 안에
못 다한 인연은 주검처럼 묻히고
그리메에 앉은 꿈마저
낙조처럼 식어

그 하늘은 나더러
떠날 때를 알았던 낙화같이
고백하라 하네

바람 부는 바다가 아직 푸르른 것은

그대 때문이라고,
내 잘못의 8할은 허무 때문이었다고.

## 님께 드리는 편지

영혼이 빠져나가는 썰물의 바다에
이 글을 띄웁니다.

바다는 이미 한 식경 넘은 찻잔처럼 희미하고
어둠마저 방파제를 찰랑거려
우리들의 소곤거림,
무한대의 그리움으로 잦아들었습니다.

건너편 고하도의 불빛이 별빛이 되었다가
이내 나비처럼 팔랑거립니다.
후광이 되어 서 있던 달빛까지 뼈에 사무칩니다.

우리 추억 속에 늘 남아 있던 밤배 하나
소리도 없이 용머리를 돌아섰습니다.
그 정경에 설움이 꽃처럼 피어납니다.

그러다가 문득

먹물 같은 하늘을 뚫고
찢어질 듯 펄럭이고 있는 유달산을 보았습니다.

그 하늘 아래 억겁의 세월이 물처럼 흐르는 뜻이,
그대 곁에 희망의 편엽片葉을 띄우는 이유가,
백 날 미투리로 엮고 싶은 이 세찬 광경이었습니다.

## 보고 싶은 얼굴들

겨울도, 봄도 아닌 어느 날
창 밖을 쳐다보다가 나를 찾았다.


유유한 구름과 파란 하늘,
하늘가에 드리운 무성한 삼나무.
살랑대는 바람에 하늘거리는 들풀과
계절을 앞지르는 동백의 씩씩함.


내 안을 흐르는 세월이
그 광경을 보다가 일순 정지했다.
보고 싶은 얼굴들이 우수수 쏟아졌다.
내 안의 사람들이 등꽃 날개로 부서져 흩날릴 즈음
내가 나를 찾았다.


늘 이별 속에 갇혀 있지만
어색한 얼굴로나마 오랜만에 손을 잡은 그들 모습이
낡은 흑백사진처럼 보기 좋구나.
항상 세상은 그대로인데 어찌 나 혼자 분주했는지.

## 목련아

목련아,
비 맞아 더욱 순정한 목련아,
구천까지 이어진 황사가 앞을 막아
먼 산 눈빛이 더욱 아리다.
내 몸같이 어두운 사방천지에
네 여린 흰 목줄기 동그마니 도드라져
세상의 긍휼함이 냇물로 흐른다.
떨어진 꽃잎 아스팔트까지 흩어져
사람들은 너를 보고 가엾다 하지만
가여운 건 붉은 등허리를 보이고 있는 자동차,
섬처럼 떠 있는 간판들.
누런 안개에 점령당한 이승 안의
네 안타까운 손짓이 등대처럼 가득하구나.
저 상처 입은 영혼들의 가슴에도
봄비 속에 피어난 네 숨결을 불어넣을 수 있다면.

# 아내에게

모두 주겠다.
내게 남은 것이 있다면
마지막 피 한 방울 저승을 맴돌 넋마저도

너의 순결한 영혼이
내 곁에 있어 내 비천한 목숨을 접고
물내리는 방천같이 거칠 것 없이 사는 동안
네게 준 드센 상처, 칼날같이 옹골진 포한

모두 주겠다.
마지막 살점까지도 팔불출의 허명까지도
네 아픔을 위해서라면
내 이름으로 네 신발을 엮어

태풍같이 몰아치는 통한으로 끓는 물처럼 솟구치는
사랑으로
저물녘 바람으로 잦아드는 어둠 그 식은 꿈까지
가슴을 훑고 저미는 이 고백까지 모두 주겠다.

# 아버지의 바다

방울 낚싯줄을 잡고
달빛 무성히 일렁이는 밤바다
이따금씩 딸랑거리는 소리에 적막은 더욱 깊고
조금씩 다가서는 건너섬의 흔들림.

어둔 그림자가 오라 한다.
한기가 스치는 선창가 콘크리트에 누워 바라본
산의 정령. 인적 끊긴 섬의 맹렬한 고독.

무서움에 플래시를 켜니 푸른 이빨을 드러내는
산모퉁이 도깨비불
한 줄기 빛 사이로 속삭이는 밤바다와
멀리 산 그림자의 치렁거리는 형용 안으로
절절한 아버지의 눈길.

섬에서 태어나 섬에서 살다 가신 아버지와
그 아버지의 아버지들이 함께 모여
눈물 그렁그렁한 눈빛으로 쳐다보고 있다.

# 이유

내가 나를 밝힐 수 없음은
내 안의 내가 나를 거부하기 때문인 것을.

염천炎天의 끓는 물 같은 더위도
이 외로움 감당하지 못하고

바람 속의 노을보다 더 깊은 고독
풍선風船처럼 유장하게 흐르고 있음은

내가 나를 이기지 못하고
또 하나의 내가 나를 밟고 있기 때문.

내 안에 삶은 무명수건 같은 맑은 그리움 하나 있으면
그리움 같은 푸른 난 하나 키웠으면.

# 어머니

그때 비 내리는 정경은 그대로인데
홀로 물먹은 벚나무를 흔들고 있네.

세월이란 미망의 그림자.
흔들리는 나뭇잎,
푸드덕거리는 빗방울의 날갯짓,
굽은 어머니와 그 어깨를 간질이는 내 아이의 손짓이
5월의 녹음 안에 가득하여
그때 그 광경 눈물처럼 영그네.

그 높이, 그 안타까움, 그 비 내림.
우산을 들고 뛰던 내 아들의 연같이 가뿐한 모습에
모처럼 파안대소하시던 엄니.
노인정 앞의 아름다운 옛 수채화를 그리며
십리 밖 어머니의 봉분 위에 핀 들꽃을 생각하네.
아, 내 아이 늘 그 우산을 들었으면 좋겠네.

## 조카에게

일점혈육으로 일어선 조카야,
네 번민과 피로가 그래도 아름다운 이유는
네게 청춘이 있다는 것.

네 청춘의 동백처럼 여문 꿈이
목울대를 넘으며 천리향의 노래를 채우고 있다는 것.

하여, 아름다운 조카야, 기다릴지니
걷는 무릎에 생채기 져도,
네 아비와 형제의 고독이 슬프더라도
언제나 새벽 연꽃의 깨어있음으로,
부디 그 맑은 이슬로 네 삶의 시원始原을 두드려라.

너를 사랑하는 사람 사이에,
나, 또 하나 끼어
어여쁜 네 삶을 소망하느니 조카야,
솔방울이 결국 소나무가 되듯

네 의미를 키워

어느 아침 홀연히 떠오르는 시상詩想처럼 공손히 일어

서거라.


그래, 내 피를 함께 나눈 조카야.

# 새비 비빔밥

어떤 뜬금없는 날
술친구 두엇과 칠산바다 앞
송이도를 갔다네.

바다 위에서 뱃사람들이 썰어주는 병치도 무진장 맛
있었지만
섬에 내려 조약돌과 함께 받은 순박한 밥상을 보고는
섬에서 태어난 내 영혼이 갑자기 서성대데.
배추김치와 송어젓 사이 양푼 안에 담겨진 초친 생 새비
아따메, 그 싱싱한 때깔에 내 폼 완전히 망가져 부렀
구만.

이, 비벼 묵어라. 초친 새비무침이다이.

40년 전 엄니의 그날처럼
영락없이 풋고추와 깨소금을 넣고 무쳐진 새비
그리고 내 가슴에 어머니의 참기름을 똑 떨치는 아줌마.

내 안에 잠겨 있다가 무시채만 봐도 일어서는

엄니의 냄새는 언제나 잊혀질란지.

돌아오는 섬들에 괭이갈매기는 수도 없이 끼룩이데

그랴.

# 첫눈

내 그대에게
저 눈발을 드리고 싶네.
눈발 아래 흩어진
세상과 그 안의 고독까지.
오직 하나뿐인 발자국
하얗게 몸피 불린 나무들과
나무들 새로 날리는 눈가루의
축복, 그 아래 종종거리는
아이들의 목소리까지.

그리하여
저녁을 머금으면 요요하게 빛나는
은빛사랑을
꿈꾸듯 나누고 싶네.

# 폭설

날리고 내리고 쌓여
온 사방천지 가득한 눈

첫눈의 간절함은
지나간 청춘의 식은 꿈이려니
맹렬한 칼바람과 범람하는 설하雪河로
무너지는 비닐하우스
아름다운 은유는 한갓 꿈이었나.

그대에게 띄운 베이비로션 향내 짙은 내 앳된 편지가
고속도로에서 피처럼 결빙되고
물정 몰랐던 내 치기, 얼어붙은 눈길로
더욱 삭막한 어느 12월
폭 · 설 · 풍 · 경이라네.

# 등꽃 지는 밤에

이렇게 서운해 할 수 있는 아들이라도 있으니
좋다.

시험 치는 늦은 밤
같이 잠 못 들어 TV만 껌벅였지.

아이들 모두 이리저리 떠나고
마누라만 남은 지금

그 마누라도 어찌 곁을 비워
등꽃만 떨어지고
그 틈을 파고드는 쓸쓸한 우수가
낡은 시네마 필름처럼 나부끼다.

그저 서운한 아들의 얼굴이라도 봤으면
좋겠다.

# 아내의 약사발

외출에서 돌아와 홀로 바둑을 두네.
늙은 아내만큼 낡은 커튼에 싸인 적막한 빈 성채城砦.
똑딱이는 소리가 오히려 침묵보다 깊어 잠이 오려하지.

선잠 끝에 묵은 사연을 뒤척이다가
그적그적 권태처럼 책을 읽다가

문득 문지방 너머 랩에 싸인 약사발을 보았네.
일터로 간 마누라가 남긴 이 홍어 코쪽 같은 느낌표.
내 안에서 노란 손수건이 팔랑거리네.
상 위에도 노랑나비 한 마리 팔랑거리네.

# 그래도 시간은 흐른다

— 입대한 아들에게 띄우는 편지


그래도 시간은 흐른다.
물이 아래로 흘러내리듯 그렇게
봄이 여름이 되고 가을이 겨울이 되듯
그렇게.

30년 전 아버지의 시절이
묵은 사진틀 위의 먼지처럼 가라앉듯이
너의 시간도 그렇게.

기쁨도 슬픔도 고통도 번민도
흐르는 시간 속에서는
단지 녹아 흐르는 침묵일 뿐,
아들아,
시간은 유장히 흐르는 강물이구나.

너의 청춘도 언젠가는 네 삶의
귀퉁이를 돌고, 박박 깎은 국방부 시절도
언젠가는 네 빛나는 삶의 유성으로 흐를 거야.
시간은 그렇게 거침없이 흐른단다.

# 건강하렴

북소리네.
바람소리네.
솔잎 사이를 스쳐 바윗돌을 지나
내 삶의 먼 언덕을 넘어온 소리
청춘과 열정과 고통을 넘어
때로는 기쁨과 아픔을 담아온 소리
그리하여 뼈가 녹을 때까지 간직할 목소리.

아버지, 군대 잘 다녀오겠습니다.

# 잊어줄게

이젠 잊어줄게.

산골마을 외딴집 섬돌 위에
가지런히 놓여 있던 고무신 흔적처럼,
아니면, 고향마을 바닷가 절벽 길 밑
위태로운 당숙의 판잣집으로 다가서던
그 칠흑 같은 밤바다의 밭은기침처럼.

어쨌든 이젠 정말 잊어줄 테니,

늘 같은 소리로 짖는 앵무새보다,
절집 앞의 요란한 분내보다,
양지쪽의 찬란한 나리꽃보다도,
고개 숙인 엉겅퀴가 되거나,
홀로 봄에 지는 동백이 되어
하아, 널 생각하게 되기를.
그리하여 그렇게라도 떠나는

내가 위로 받을 수 있기를.

그러다가, 어쩌다가
젖은 짚단처럼 눈물짓게 되기를.

# 내 아들 한새야


꿈꾸듯 떠난 아들아.


술을 마셔도, 밥을 먹어도
부대 강당 옆
뙤약볕 뜨거운 자리를 서성이거나
시멘트 기둥 모서리에 기대어 가위 눌린 듯 피워대던
담배가
갈수록 그리움이구나.


지금은 무얼하고 있니.
엊저녁 첫밤의 설움으로 눈물방울 떨구고
이 아침 복창소리 요란하게 핏대를 세우고 있을 아들.


그래도 세월은 흘러 어느 12월 사천부대의 형같이
옷가지가 담긴 소포 안의 그림으로 고개를 떨구게 했
던 형처럼
탕 탕 탕,

현관문을 들어설 것임을 알고 있어.

문득 머리를 밀고 들어서던 네 모습을
할머니 무덤가의 배롱나무처럼 아비 가슴에 심고
네 엄마, 할머니의 정한수는 아닐지라도 언제나 너를 기리는
노랑손수건으로 남아 있으려니,
꿈처럼 떠난 아들아, 사랑한다, 사랑한다,
사랑한다.

# 트럼펫을 부는 사내

뙤약볕아래 트럼펫을 부는 사내.
가슴에 이녁의 이력을 붙인 자동차를 파는 리차드 박
하늘아래 아름다이 울려 퍼지는 노래, 마이 웨이.
흐르는 땀방울로 고독이 사무치네.

I've lived a life that's full…
I did what I have to do…
Yes, it was my way.

충실하게 인생을 살아왔다하나 회한 또한 그림자와
같고
해야 할 일을 다했다하나 그것 또한 나비의 꿈.

한낮의 공원에 물결처럼 번지는 그리움
그리움으로 더욱 설워지는 푸르른 이팝나무의 흰 꽃들
나는 보았네, 프랭크 시내트라와 리차드 박,
저 세상의 노무현과, 입대를 앞 둔 내 아들의

절절히 넘치는 슬픔을,

그리하여 나는 들었네, 나와 내 아내와 내 이웃들의

간절한 기도를.

# 무스탕

무스탕,
너를 보며 또한 아들을 본다.
가없는 그리움을 읽는다.

구르는 천둥도, 주먹쥐고 일어서도 그리 했으리.
너처럼 평원을 달리고 산맥을 뛰어넘어
위대한 정령을 향해 달렸으리.

모든 것이 시작이고 모든 것이 끝인,
어디든 갈 수 있고 무엇이든 할 수 있는 무스탕,
나는 닿을 수 없는, 나를 딛고서야 볼 수 있는
저 치유의 푸른 세상을 향해 뛰려무나.

너를 듣고 대지인 인디언과 그 안의 서 있는 부족을
기린다.
유성과, 꿈, 삶의 노정을 가늠한다.
무스탕, 자유의 종마여, 아들의 노래여.